OOR WULLIE

PRICE
£5.75

D. C. THOMSON & Co., LTD., GLASGOW: LONDON: DUNDEE.
Printed and published by D. C. Thomson & Co., Ltd.,
185 Fleet Street, London EC4A 2HS. © D. C. Thomson & Co., Ltd., 2004

ISBN 0 85116 857 4

The lads are on disaster's brink —
When they try oot the new ice rink!

YOU'RE TOO LATE – WULLIE'S GOT HIS SKATES ON . . .

NO' QUITE, BUT I'LL HAE THEM ON SOON – WE'RE GOIN' TAE THE NEW ICE RINK.

AW, MA – MY PALS WILL A' LAUGH AT ME.

AT LEAST YE'LL BE WARM.

SOON . . .

YOU TWA TOO?

AYE – MY MITHER SAID IT WOULD BE CAULD IN THE RINK.

MINE, AS WELL.

AT THE RINK . . .

I'LL SOON LEARN TAE SKATE . . .

. . . OR MAYBE NO'! IT'S HARD TAE STAND UP.

I'M GETTIN' THE HANG O' IT NOW.

IT'LL PROBABLY BE EASIER ON THE ICE.

WOW! IT'S NO' – I FORGOT TAE TAK' THE GUARDS AFF!

NEEDIN' A HELP UP, WULLIE?

AYE.

NO!

SO . . .

GET AFF!

YOU PULLED US DOON!

SOON . . .

LOOK AT ME – I CAN SKATE.

AYE – THIS IS EASY-PEASY!

B-BUT HOW DAE WE STOP?

GRAB!!

LEAVE IT TAE ME!

OW!

OW!

OUCH!

THEN . . .

OW!

OW!

OUCH!

WE'VE HAD ENOUGH.

ME, AN' A'! I'M SAIR A' OWER!

WE'RE GOIN' HAME.

WELL, SKATIN' MIGHT BE EASY, BUT YON ICE IS AWFY HARD!

Wull starts oot thinkin' it would be good —
Tae go back tae his ain early childhood!

Wullie finds it's danger fraught —
Bein' the skipper o' his ain land yacht!

HE'S AWA' OOT WI' HIS CARTIE . . .

THIS IS BRAW, EH?

AYE, BUT WHIT GOES DOON . . .

. . . HAS GOT TAE COME UP AGAIN. PECH!

YE'RE RIGHT — THIS IS NO' SAE MUCH FUN.

PUFF! PANT!

I'LL SEE YE LATER — I'VE AN IDEA.

SHORTLY . . .

BANG! THUMP!

KEEP OOT THIS MEANS YOU

Wullie's Shed

SOON . . .

WHIT'S THAT?

YOU'LL SEE.

ARE YE NO' PULLIN' YER CARTIE BACK UPHILL?

NAH . . .

. . . I DINNAE HAE TAE.

CRIVVENS! HE'S MADE A LAND YACHT.

WHIT GOES DOON GOES BACK UP ITSEL'!

THAT'S CLEVER.

NOO I JUST TURN AN' I'M READY TAE GO DOON AGAIN.

HEY! WHIT'S GOIN' ON?

I'M NO' GOIN' BACK DOON — I'M JUST GOIN' BACK!

WHOA! LAND YACHTS ARE NO' MEANT TAE GO IN THE WATER!

AN' THEY'RE NO' MEANT TAE GO UNDER THE WATER!

SUNK — SO MUCH FOR MY BRAW IDEA!

WHIT GOES DOON CAN STAY DOON — I'M A LAND-LUBBER NOO!

Wullie kens just fine —
Wha's tae be his Valentine!

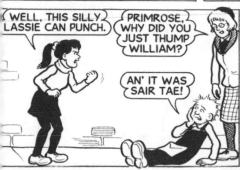

5

At sport Oor Wullie's no complainin' —
There's extra grub for lads wha're trainin'!

Here's a dog wi' big sad eyes —
Or is it a chancer in disguise?

7

There's got tae be a sane solution — Tae Fat Bob's bucket revolution!

HERE? WHIT'S GOIN' ON?

WHIT'S BOB PLAYIN' AT? IS WULLIE TAKIN' THE DAY AFF SICK?

MEBBE IT'S A MUTINY.

AH'M FED UP O' YOU GIVING ORDERS SO AH'M GIVIN' YOU YER MARCHIN' ORDERS.

BUT . . . BUT . . . IT'S MA GANG AN' MA BUCKET . . .

AH'D BEST BE ON MA WAY, THEN . . . SNIFFLE!

SNUFFLE . . . THAT'S NO' FAIR . . . AN' WULLIE WIDNAE STAND FOR IT.

D'YE RECKON?

NAH. NO' WULLIE!

HERE, YOU! SHIFT YER WEIGHT AFORE YE BUCKLE MA BUCKET!

NAE CHANCE!

SHIFT, OR I'LL SHIFT YE!

YOU AN' WHA'S ARMY?

FIGHTING? WILLIAM WOULDN'T STOOP TO SUCH METHODS.

I DINNAE KEN. HE'S OWER PROTECTIVE O' HIS BUCKET.

YES, BUT HE'D BE MUCH MORE SNEAKY.

JINGS! LOOK AT A' THOSE!

AN' THERE'S EVEN MAIR ROOND HERE.

FELL FOR IT!

BAH! TRICKED!

ACH! HE'LL GIVE UP! HE COULDNAE SHIFT BOB WITHOOT A TOW-TRUCK.

WILLIAM WON'T SURRENDER. HE'LL BOX HIM!

AND . . .

WULLIE, YE'D BETTER COME QUICK! YE'RE NO' GONNAE BELIEVE WHIT'S GOIN' ON!

OH, AYE?

HERE! WHIT'S THE BIG IDEA?

BOB'S REALLY GOT WULLIE'S BACK UP.

WHIT ARE YOU LOT GOWPIN' AT? GO AN' STARE AT YER AIN GARDENS!

EH?

HE'S NO' GOIN' DAFT AT BOB. HOW NO'?

HERE YE GO, BOB.

TA, WULLIE.

THAT'S WARMED IT UP BRAW. SAME TIME TOMORROW?

AYE. SEE YA, BOSS.

ACH, YE CANNAE BEAT A WARMED UP BUCKET IN THE MORNIN'.

8

In this shop ye micht as weel forget —
Ony plans ye micht hae for buyin' a pet!

Wi' dyed hair, Wullie's well disguised —
'Cause noo he's never recognised!

IT'S THE KEEPY-UP SEASON —

OOPS! AN' HIS TOUCH LETS HIM DOON.

COME BACK HERE YE WEE SCOUNDREL.

MURDOCH WILL NO' FIND ME AMONG A' THIS HURLY BURLY.

GOT YE, WULLIE, I'D KEN THAT HAIR O' YOURS ANYWHERE.

LATER —

I NEED TAE DISGUISE MA HEID.

PRIMROSE, YE'RE A WEE SMASHER.

JUST HOLD STILL, WILLIAM.

YOU'RE LIKE A WHOLE DIFFERENT WILLIAM WITH YOUR HAIR DYED BLACK.

NOO LET'S TRY THAT KEEPY-UP TRICK AGAIN.

IT'S STILL NO' RIGHT —

A LADDIE WI' BLACK SPIKY HAIR KICKED IT.

BLACK HAIR? IT COULDNAE HAVE BEEN WULLIE, THEN.

SOON —

HERE — WHA'S THAT LADDIE IN OOR GARDEN?

GET AFF THAT BUCKET, YE WEE TRESPASSER!

BUT, BUT . . . MAW DISNAE RECOGNISE ME.

IMAGINE MAW NO' KNOWIN' HER AIN SON, JEEMY.

WHA ARE YE?

THERE'S A LADDIE DRESSED LIKE WULLIE.

JINGS. SOAPY DOESNAE KEN ME EITHER.

I'M A STRANGER IN MA AIN TOON, AN' IT'S RAININ' TAE.

WULLIE! COME IN OOT O' THAT RAIN, SON.

PAW! YE RECOGNISE ME.

IT WIS RINSE OOT HAIR DYE.

Nae matter how much he micht try —
Wull's haein' bother keepin' dry!

Looks like Wull micht end up wishin' —
He hadnae bothered tae go oot fishin'.

Can Wullie wriggle aff the hook —
When Ma leaves Pa tae be the cook!

Wullie's on his final warning —
Tae get up early in the morning!

It's role playin' time for you-know-who —
He's a detective without a clue.

It's time tae watch oor wee pedestrian —
Turn tae matters maist equestrian.

I'M GETTIN' TAE EXERCISE WEE SHIRLEY MOLLISON'S CUDDY.

AN' NAEBODY GET IN MY ROAD . . .
. . . I'M THE MEANEST HOMBRE EAST O' THE STOURIE BURN.

A' THE BEST COWBOYS GET UP ON THEIR CUDDIES LIKE THIS.

JINGS! THIS IS NO' MEANT TAE HAPPEN!

OUCH! NEITHER IS THIS!

THIS'LL BE SAFER THAN THE COWBOY WAY!

NO, CUDDY - DINNAE MOVE! OW! THAT WISNAE FUNNY!

IS THERE A SPECIAL TRICK FOR GETTIN' ON THIS THING?
AYE . . .

. . . YE GET ME TAE HELP YE!
BRAW.

BUT -
THIS CANNAE BE RICHT . . .
. . . I'M UP, WHEN THE CUDDY'S DOON.

AN' DOON, WHEN THE CUDDY'S UP - OOYAH!

ACH! I'VE HAD ENOUGH - WHOA, CUDDY!

CRIVVENS! WHOA, ME!

OOO! AN' THIS IS NO' FUNNY!

THIS IS NO' FUNNY EITHER! SO YOU LOT CAN STOP LAUGHIN' TAE!

Wullie finds himsel' up the wrang dreel —
Tryin' tae catch a runaway wheel!

Will he keep oot o' trouble wi' the rope —
Wis there ever any hope?

The mannie's journey's near completed —
But is he gonnae be defeated?

19

Oor hero's quickly filled wi' sorrow — It's hair today and gone tomorrow!

WULLIE! COME AWA' FOR YER HAIRCUT!

AW, NA! I MICHT AS WEEL JIST GO. THE SPARKS FAE MA TACKETTY BOOTS NEAR CAUSED A FIRE LAST TIME THEY HAD TAE DRAG ME ALONG THE ROAD.

AND . . .

DON'T WORRY. WE'LL SOON HAVE YOUR HEAD AS SMOOTH AS A BILLIARD BALL.

WHIT???

I DINNAE WANT A'BODY LAUGHIN' AT MA ROOND HEID.

WHERE'D HE GO?

COME BACK! I'VE NO' STARTED!

AN' YE'RE NO' LIKELY TAE, SO FOWK CAN POINT AT MA DOME!

I'LL HIDE IN THE LIBRARY. THAT'S THE LAST PLACE MA WOULD LOOK . . . AFTER SCHOOL, THAT IS.

HOI! I MEAN, SSSH!

AWFY SORRY. I'LL HELP YE PICK THEM UP.

ROONDHEIDS? ARE YOU TRYIN' TAE BE FUNNY?

CAVALIERS AND ROUNDHEADS

JOKES A'READY AN' I'VE NO' EVEN HAD MA HAIR CUT YET.

WHAT A LOVELY, CIRCULAR FACE.

SEE? A'BODY'S TALKIN' ABOOT ME.

STRANGE LADDIE.

AND WOULD MODOM LIKE THE CLOCK WRAPPED?

YE WOULDNAE THINK IT WAS SAE LOVELY IF YE WERE STUCK WI' A HEID LIKE MINE!

SOON . . .

GOT YE, WULLIE! WHIT'S THE MEANIN' O' A' THIS?

OCH, MA!

WULLIE EXPLAINS AND . . .

DINNAE WORRY ABOOT THE SHAPE O' YER HEID. IT CAN TELL YE A' SORTS.

AYE. I CAN TELL YER FORTUNE BY READIN' THE BUMPS ON IT, LADDIE.

OH, MY, MY . . .

IS IT A GOOD SIGN OR A BAD SIGN, MRS?

A LUMP THE SIZE O' A DOO'S EGG IS NEVER A GOOD SIGN.

SO . . .

HOW MANY TIMES HAVE I TOLD YE ABOOT BOUNCIN' ON YER BED? YE KEN THAT CEILIN'S AWFY LOW, YE PEST.

NEVER MIND WI' MA FORTUNE. I FORESEE A HAIRCUT AN' AN EARLY BATH.

AND . . .

ACH. I CAN BE A RICHT BA' HEID SOMETIMES.

Wha' is goin' tae win first place —
In Auchenshoogle's soapbox race?

21

Wullie's fairly goin' his length — Enjoyin' a' his new found strength!

WULLIE! BREAKFAST!

PORRIDGE AGAIN. IF I EAT ANY MAIR I'LL TURN INTAE PORRIDGE.

BEWARE OF PORRIDGE MAN.

PORRIDGE MAK'S YE BRAW AN' STRONG.

STRONG? I'M LIKE TWA PLY REEK!

PORRIDGE! HUH!

I'M GUID AT JUMPIN' O'ER PUDDLES, THOUGH.

AND — ARGH! IT'S AN EARTHQUAKE!

JINGS!

THAT MUST HAVE BEEN ME LANDING AN' SHAKIN' THE EARTH.

WELL DONE, DRAMA CLASS. VERY REALISTIC ACTING.

WEIGHTS OOTSIDE THAT SPORTS SHOP. THIS'LL TEST MA NEW POWERS.

CHECK IT OOT! THE PORRIDGE IS FAIRLY WORKIN'!

THAT DELIVERY OF PLASTIC DISPLAY WEIGHTS HAS ARRIVED. IMAGINE DUMPIN' THEM ON THE PAVEMENT.

TAK' THAT, STANE.

JINGS! WHIT A KICK. I'VE BROKE A WINDAE IN THAT FACTORY, MILES AWA'.

DISTANT CRASH!

YE'RE MEANT TAE CLEAN THAE WINDAES. NO' BREAK THEM.

NEXT DAY, AT BREAKFAST —

WHAUR'S WULLIE?

FILL 'ER UP, MA. I'M GOING TAE BE THE WORLD'S STRONGEST MAN.

Wullie's hopin' he'll go far —
When he becomes a fitba' star!

WATCHIN' A RARE GAME FAIRLY MAK'S ME HUNGRY!

THAT WIS BRAW!

WHIT A PLAYER THIS BOY IS.

HE'S WORTH MILLIONS!

WHIT A VOLLEY!

GOO-OAAAL!

THAT WIS MARVELLOUS, LADDIE!

OCH! YON WIS NUTHIN'.

I'M A SCOUT FOR AUCHENSHOOGLE JUNIORS — SHOW ME WHIT ELSE YE CAN DO.

OKAY!

WATCH THIS!

RICHT O'ER THE DEFENSIVE WALL!

BRILLIANT! COME TAE THE PARK TOMORROW FOR THE GAME!

I'LL BE THERE.

NEXT DAY . . .

THIS'LL BE THE START O' MY CAREER AS A FAMOUS FOOTBALLER!

FAMOUS BLAWHARD MAIR LIKE!

TAKE A SEAT ON THE BENCH, WULLIE.

BRAW!

THE GAME RAGES ON . . .

MICHTY! WILL I NEVER GET ON?

THE GAME FINISHES . . .

YE WILL NOW!

I'M NO' HAPPY I DIDNAE GET A GAME.

NOO THAT THE CROWD ARE AWA' YE CAN CLEAR UP THE RUBBISH THEY LEFT BEHIND!

AND . . .

HAW-HAW! WE ALWAYS KNEW WULLIE WAS A RUBBISH FITBA' PLAYER!

AT LEAST THEY PAID ME WITH ANITHER SUPPER!

Wullie reckons there should be classes —
Tae try an' teach lads the ways o' lassies!

HE'S AWA' FOR AN ICE CREAM . . .

SMASHIN'!

JINGS!

FLIP!!

SKIP!

I CANNAE SEE A THING.

THUMP!!

WHAUR AM I?

THUMP!

ON MY HOPSCOTCH GAME - THAT'S WHAUR!

MY TAES!

CRUNCH!

SKIPPIN' AN' HOPSCOTCH - WHIT DAFT GAMES WEE LASSIES PLAY.

THEN . . .

HEY! THERE'S WULLIE!

AYE - SO WHIT?!

WE'RE PLAYIN' "KISSY-CATCHY" - THAT'S SO WHIT!

AW, NO - AN EVEN DAFTER GAME!

THIS IS NO' FAIR - NO' WI' ME AN' A SAIR FUT!

HOP!

CAUGHT YE, WULLIE!

ACH! I DIDNAE HAE A CHANCE!

NOO FOR THE KISS!

WHIT A SCUNNER!

HERE - WHAT ARE YOU TWO DOING WITH MY LAD?

WE CAUGHT HIM FAIR AN' SQUARE - SO HE'S OORS TAE KISS IF WE LIKE.

PRIMROSE.

HE'S NO' YOUR LAD ONYWAY!

OH, IS HE NO' - I MEAN NOT? I'LL SHOW YOU!

NOW-NOW, LASSIES.

YOU KEEP OOT O' THIS!

QUITE RIGHT!

DAE YE WANT A THICK LUG?

ULP! TIME TAE GO!

MAYBE I'LL UNDERSTAND WOMEN WHEN I'M PA'S AGE!

NO' EVEN THEN, SON.

Auchenshoogle's little chancer —
Is always searchin' for the answer!

JINGS. TEACHER'S SET US A TOUGH ESSAY ABOOT THE SOLAR SYSTEM, WHICH I THOCHT WIS CENTRAL HEATIN'.

SO —
I KEN — I'LL ASK THE LIBRARIAN. SHE KENS THE ANSWER TAE A'THING.

JUPITER'S THE LARGEST PLANET. EARTH'S THIRD FROM THE SUN. PLUTO MOST RECENTLY DISCOVERED.
SHE'S AMAZIN'.

I WONDER IF THERE'S ANY QUESTION SHE DOESNAE KEN THE ANSWER TAE.

LET'S SEE WHIT I'VE GOT IN MY POCKET.

STRING. THAT'S IT. I'LL ASK HER HOW LONG IS A PIECE OF STRING!

ACH — SHE COULD JIST MEASURE IT WI' A RULER. I NEED HARDER QUESTIONS.

NOO THERE'S A TOUGH ONE. HOW MONY FISH SUPPERS COULD FAT BOB EAT AT ONE SITTIN'?

AND FURTHERMAIR, WHIT ARE THE CHANCES O' GETTIN' A CHIP AFF HIM?
GET AFF!

THERE'S ANITHER QUESTION. HOW MONY LAW-BREAKERS HAS P.C. MURDOCH CAUGHT THIS MILLENNIUM?

TOO EASY, THE ANSWER'S NANE. HE'S NO' BACK IN SHAPE AFTER THE FESTIVITIES.
YE'RE NO KIDDIN'.

AN' WILL SHE KEN MY RECORD FOR KEEPIE-UP?

NINETY-NINE. A NEW PERSONAL BEST.

I'LL BE ABLE TAE ASK THE LIBRARIAN SOME REALLY TRICKY QUESTIONS.

WULLIE SETS HIS POSERS —
HMM. YOU'RE RIGHT WILLIAM, I DON'T KNOW THE ANSWERS TO THOSE QUESTIONS . . .

BUT I DO KNOW YOU'LL BE PARTING WITH MONEY SOON.
ARE YE PSYCHIC AS WEEL AS CLEVER?

NO — BUT YOU'VE GOT OVERDUE LIBRARY BOOKS IN THE HOUSE. 10 PENCE A WEEK FINES.
OCH!

OH, WELL, AT LEAST I GOT A 'B' FOR MY ESSAY.

Is there ony chance that Wullie's boat —
Can be the fastest thing afloat!

I NEED MY PAPER AND PENCIL.

THEY MAKE A BRAW SAIL FOR HMS WULLIE!

JINGS, WULLIE, YON'S RUBBISH!

THIS IS MAIR LIKE THE THING. I MADE IT OOT O' LOLLIPOP STICKS WI' FAT BOB'S HELP!

I BET HE HELPED BY EATIN' A' THE LOLLIPOPS!

AYE! RICHT ENOUGH!

SPEAKIN' O' FAT BOB...

YOU TWA HAVE NAE CHANCE IN THE BURN RACE, AGAINST THIS REMOTE-CONTROL BEAUTY!

THE RACE BEGINS...

READY, STEADY... FLOAT!

AND...

PECH! IT'S HOT WORK KEEPIN' UP WI' OOR BOATS!

FURTHER DOON THE BURN...

LOOKS LIKE I'VE GOT A BITE!

MIGHTY ME!

AW, NO! I'M OOT THE RACE!

SO...

THE GOOD SHIP LOLLIPOP'S GOIN' TAE BE FIRST OVER THE WEIR!

OCH, NO! DISASTER! SHE'S GOIN' DOON LIKE THE TITANIC!

AND...

I WIN THE ANNUAL BURN RACE AGAIN!

NAE WONDER! OOR BOATS ARE NAEWHERE!

HERE'S YOUR WINNINGS, YE JAMMY SO-AND-SO!

TA, LADS!

THEN...

I'VE BOUGHT LOLLIES WI' MY WINNINGS — THAT'LL GET SOAPY STARTED ON NEXT YEAR'S BOAT!

CHEERS, WULLIE!

I TAK' IT BACK, YE'RE NO' A BAD LAD AT A'!

Credibility on the street? —
Wull's soon beatin' a quick retreat!

Things are never what they seem —
When your life's just wan long dream!

HE'S AWA' TAE SCHOOL . . .

REPORT TO THE HEADMASTER NOW, WILLIAM.

OH, CRIVVENS.

WHIT'S HE GONNAE DAE?

MAYBE HE'LL PIT ME IN JILE!

THERE WID BE ONLY BREAD AN' WATER.

OR IT COULD BE EVEN WORSE – HE MIGHT . . .

HEAD

. . . MAK' ME EAT SCHOOL DINNERS – FISH PIE – UGH!

WHAT IF HE PIT ME IN THE STOCKS?

I'D FIND OOT WHA MY REAL PALS WERE – THE ROTTEN LOT!

HE WOULDNA PIT ME ON THE RACK, WOULD HE?

MIND YOU, IT'D BE RARE TAE LOOK DOON ON P.C. MURDOCH.

AN' IT WOULD BE BRAW FOR BASKETBALL.

MY TAES WOULD GET AWFY CAULD IN THE WINTER THOUGH.

I'D EVEN BE ABLE TAE CALL HEN BROON "SHORTY"!

WILLIAM. WILLIAM.

PAY ATTENTION! WHY ARE YOU HERE, BOY?

OH, SORRY, HEIDMASTER.

TEACHER SAYS I WAS DAYDREAMIN'!

WHA, IN THEIR WILDEST DREAMS, COULD ACCUSE ME O' THAT?

Tune in tae Wull's radio station —
Beamin' oot across the nation.

  I'M GOIN' ON THE AIRWAVES, THE DAY.

 GOOD MORNIN'! THIS IS RADIO AUCHENSHOOGLE CALLIN' ON THE OCEAN WAVE!

 FOR THE FORECAST, WE'LL GO OVER TO PRIMROSE, THE WEATHER GIRL.

 AND WITH THE WONDERS OF MODERN TECHNOLOGY . . .

 . . . I CAN TELL YOU THAT IT'S RAININ'.

 THANKS, PRIMROSE. NOW OWER TAE FAT BOB FOR THE BREAKFAST RECIPE.

 MMF – MMF – FMMF. WHIT ARE YE TRYIN' TAE TELL US, BOB?

 I'M AFRAID BOB COOKED THE RECIPE, FOR BACON AN' EGGS, THEN ATE IT.

 AN' NOW, LISTENERS, WE'LL BRING YE SOME CLASSIC MUSIC. COURTESY O' WEE ECK – COME ON IN, MAESTRO.

 JINGS! A FEW MAIR LESSONS ARE NEEDED.

 KEEP THAT CAT QUIET IN HERE, WILL YE?

 THAT WAS A QUICK MESSAGE FROM THE LOCAL CONSTABULARY. NEXT UP, JUGGLIN' WI' SOAPY.

 IF ONLY YOU "LISTENERS" COULD SEE THIS.

 NOO, A WORD FROM OOR SPONSOR – TONI FRAE THE CHIPPER.

 THANKS FOR THE A-PLUG, FOLKS. EVEN THOUGH NAEBODY CAN HEAR US.

 SIGNIN' AFF.

29

Pair Wullie's really strugglin' —
Tae find onybody that isnae jugglin'!

IT'S THAT TIME O' YEAR AGAIN.

BREAKFAST IS COMIN' UP.

IT'LL PROBABLY COME DOON AGAIN. I'LL JUST HAE CEREAL.

THE WHOLE TOON'S GOT JUGGLIN' FEVER.

HAVE YE EVER HEARD O' ANYTHIN' SAE STUPID?

AUCHENSHOOGLE JUGGLING WEEK.

JOIN IN, WULLIE.

NAE FEAR, SOAPY.

SERVES YE RICHT.

ET TU, BOAB?

FISH S...

I HAVENA 'ET' ONY – THE CHIPS ARE TOO HOT.

IT WIDNAE BE SAE BAD IF THEY WERE ONY GUID.

OCH. HE WIS USIN' SKATES.

SOMEBODY HAS TAE PIT A STOP TAE THIS.

P.C. MURDOCH – YE HAVE TAE DEAL WI' A PUBLIC NUISANCE.

JUST LET ME FINISH JUGGLIN' . . .

ACH, I'M AFF.

WHAUR'S WULLIE? I WIS JUST JUGGLIN' PAPERWORK.

HERE, YOU TWA, CUT IT OOT.

SETTLE DOON, NOO. STOP STRUGGLIN'.

KEEP STILL. YE'VE GOT ME JUGGLIN' NOO!

ACH, AT LEAST YOU'RE NO JUGGLIN', JEEMY. HAE SOME CHEESE.

BUT –

Wullie's aye up for a laugh —
At tea time doon in the beach caff!

The whole thing gets beyond belief —
When the lads elect a brand new chief.

A flyin' carpet, so they say —
Wullie's havin' a magic day!

 HE'S AWA' TAE THE PICTERS WI' SOAPY SOUTAR AN' FAT BOB.

WHIT A BRAW PICTER - A TREASURE CAVE AN' ...

... A GENIE IN A BOTTLE ...

... AN' A MAGIC, FLYIN' CARPET.

HERE - MAYBE THERE'S A WEE GENIE IN MY BOTTLE.

GIE IT A RUB AN' SEE, BOB.

COME ON, YE GENIE.

IS ONYTHING HAPPENIN'?

AYE - NOTHIN'!

YE DIDNAE DAE IT RICHT - GIE ME A SHOTTIE.

THIS IS ME TELLIN' YE TAE COME OOT, GENIE!

ACH, YE BRUTE - NAE GENIE - JUST A SOAKIN'!

GLUB!

MEANWHILE ...

WHIT A RARE BREEZY DAY FOR BEATIN' MY RUG.

TOO BREEZY - MY RUG'S BEATIN' IT OOT O' HERE!

LOOK - A REAL MAGIC, FLYIN' CARPET.

JINGS! SO IT IS!

SO ...

WHAUR'S THE STARTER?

MAYBE YE NEED A KEY.

NAH ...

... JUST THE MAGIC WORD - ABRABRICHTMOONLICHT NICHT!

WHIT ARE YE DAEIN' WI' MY GOOD RUG?

HELP! IT'S NO' A GENIE ...

... IT'S JEANNIE WILSON.

SOON ...

COUGH! THIS IS NO' FAIR.

THAT'S A' THE DUST FRAE YOUR BOOTS!

IN HERE - THERE'S SOMETHIN' ELSE NEEDS CLEANIN'.

HUH! BET IT'S NO' A MAGIC BOTTLE.

NO - IT'S A THAE PLATES - YE MADE A BRAW JOB O' MY GOOD RUG.

THAT WAS MAGIC!

Wull's busy escapin' violence —
An a' because o' his silence.

34

The special tackets you will find —
Are only real in Wullie's mind!

35

Wullie taks an awfy gamble —
When settin' oot on a country ramble!

Ye can keep yer sportin' life —
For Wullie it jist causes strife!

Wullie gies it hauf a chance —
An' tries tae learn tae ballet dance!

HE'S OOT FOR A WALK –

STOMP! STOMP!

WHIT A RACKET COMIN' ALONG THE STREET.

WULLIE! IT'S YOU. YE'RE LIKE A FAIRY ELEPHANT!

I'M GOIN' TO GET YE TO BE MAIR ELEGANT.

SOME BALLET LESSONS WILL CURE YE O' THUMPIN' ABOOT.

AW, MA.

SCHOOL OF BALLET.

I DINNA THINK I'M GOIN' TAE ENJOY THIS.

GOOD MORNING, WILLIAM. SKIP LIGHTLY OVER TO THE BARS.

MY GOODNESS, WILLIAM. MIND THE FLAIRBOARDS!

THUMP! CLUMP!

IMAGINE YOU'RE WALKIN' ON THIN ICE.

I ALWAYS AM!

OOYAH! THAT ICE I'M IMAGININ' IS MAKIN' MY FEET CAULD.

YOU'RE NOT TAKING THIS SERIOUSLY. BELINDA!

JINGS! THAT'S BELINDA?

HELP! WHIT ARE YE DOIN'?

CAREFU'! DINNA DROP ME!

STOP THE WORLD. I WANT TAE GET AFF!

EVERYTHING'S SPINNIN', INCLUDIN' MY EYES!

THAT BALLET STUFF WIS OWER ROUGH FOR ME, MA.

AT LEAST IT'S CURED YER THUMPIN' ABOOT.

Wullie has tae be a sneak —
Jist so he can get a peek!

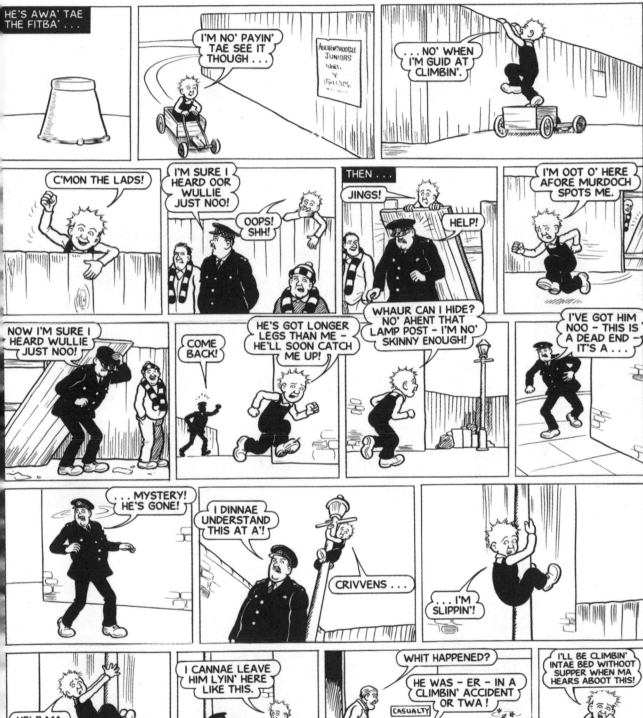

They seek him here, they seek him there —
As he birls roond toon in an auld armchair!

When Ma and Pa put him tae work —
Honest Wullie disnae shirk!

Wullie has a strange approach —
When he's the fitba' team coach!

HE'S AT THE PARK.

There's bound tae be a disaster —
If Wullie swings his bucket faster!

Wullie has tae smile —
His bucket's versatile!

Oor Wullie's genuinely fond —
O' his faither's garden pond!

There's a story tae be told —
Whit will the future hold?

Wullie comes richt tae the aid —
O' Auchenshoogle Fire Brigade!

Wull's in trouble, that'll be right — When he tries tae fly a kite!

Wullie, as ye'll plainly see —
Loves a richt big cup o' tea!

Wullie loses a bet that's ropey —
An' plays a trick on sneaky Soapy!

Mind an' heed Eck's words —
Dinnae feed the birds!

Ach! Whit a to-do —
In a rented canoe!

HE'S AWA' TAE STOURIE POND WI' HIS PALS.

LOOK – A KAYAK FOR HIRE.

IT'S THE ONLY ONE – WE'LL HAE TAE TAK' IT IN TURNS.

ME FIRST.

ON YE GO – THIS SHOULD BE A LAUGH.

OH, JINGS! IT'S MOVIN' AWA' FRAE THE BANK!

THERE HE GOES! I KENT THIS WOULD BE A LAUGH!

HELP! I'M DROONIN'!

AWA', YE SILLY GOWK . . .

. . . JIST STAND UP.

AHEM! I WAS KIDDIN' – I KENT FINE IT WISNAE DEEP!

YE WERE TRYIN' TAE GET IN A' WRANG, BOB.

AN' HOW WOULD YOU DAE IT, SOAPY?

YE'VE TAE SIT ON IT FIRST.

OH, AYE?

AN' THEN YE FA' IN THE POND – IS THAT RICHT?

CRIVVENS!

YOU SHOW US HOW IT'S DONE – YOU, THAT'S SAE CLEVER.

OKAY!

YE JIST JUMP IN LIKE THIS.

AW, NO!

WOULD YE LOOK AT THAT? HE CAN DAE IT.

AYE, BUT HE'LL FA' IN WHEN HE TRIES TAE GET OOT O' IT.

NO, I'LL NO'!

MICHTY ME! HE WENT RICHT THROUGH THE BOTTOM WHEN HE JUMPED IN!

SOME LAUGH – MY POCKET MONEY'S BEEN STOPPED TAE PAY FOR A NEW BOAT!

Oor hero finds himself alone —
Armed wi' a mobile phone!

WID YE TAK' GRANNY SMITH HER NEW BUS PASS, WULLIE?

HOW DO I GET THERE, MAW?

. . . GET AFF THE BUS AFTER THREE STOPS, DOON THE ROAD, ROOND THE POND, UP THE BRAE . . .

. . . AN' HER HOOSE IS AT THE TAP.

TAK' MY PHONE IN CASE YE NEED IT.

I SHOULD BE A' RICHT.

LATER . . .

THIS DAFT BUS IS TAKIN' ITS TIME ABOOT STOPPIN'!

LATER STILL . . .

THAT'S THE FIRST STOP AT LAST.

STILL LATER . . .

THAT'S TWA.

EVEN LATER . . .

MY STOP'S NEXT.

LATER . . .

THAT'LL BE THE WEE ROAD I'VE TAE GAE DOON.

CRIVVENS! THE PONDS ARE GEY BIG ROOND HERE!

I DINNAE LIKE THE WAY YON FUNNY CUDDY'S LOOKIN' AT ME!

NOO UP THE BRAE.

JINGS! GRANNY SMITH MUST BE AWFY FIT TAE LIVE AWA' UP HERE.

LATER . . .

THERE'S NAE SIGN O' GRANNY SMITH'S HOOSE HERE, MA.

OH, AYE? WHIT IS THERE THEN?

JUST A PILE O' STANES CA'ED BEN DOON!

EEK!

BEN DOON

SO . . .

YE'LL BE WULLIE — YER MA SENT US!

BRAW!

WIFIES ARE NAE GUID AT DIRECTIONS!

A' this gardenin's ower sore —
Wull's no daein' it ony 'mower'!

SKINT AGAIN.

ER – ANY CHANCE O' SOME EXTRA POCKET MONEY, PA?

CERTAINLY, WULLIE . . .

YOU'RE MY VERY FAVOURITE PA, PA.

. . . IF YE CUT THE GRASS.

I MICHT HAE KENT THERE WID BE A CATCH.

PA CAN BE AWFY TRICKY AT TIMES. OCH, WELL . . .

. . . THE SOONER I START, THE SOONER I . . .

. . . FLY THROUGH THE AIR . . .

. . . AN' LAND ON MY BACK! OUCH!

THUMP!

THIS IS NO' GONNAE BE QUITE AS EASY AS I THOUGHT.

I'LL HAE TAE DAE IT THE HARD WAY . . .

. . . THE V-V-VERY H-HARD W-WAY! WHIT DID I HIT?

CLANG!

NEVER TRY TAE GIE A GNOME A HAIRCUT!

WHIT I NEED IS A POWERED MOWER OR A PLAN – AND I'VE GOT BAITH!

SO . . .

PA'S NO' THE ONLY ONE WHO CAN BE TRICKY AT TIMES.

WHIT DAE YE THINK?

IT'S MY WULLIE-POWERED SIT-ON MOWER, PA.

AWFY CLEVER.

HUH! I'M TOO SAIR TAE SIT ON ANYTHING NOO!

Ma must be a wee bit crazy —
Thinkin' that her laddie's lazy!

See Oor Wullie try his hand —
At joining up wi' his school band!

HE'S BACK TAE SCHOOL . . .

I WANT VOLUNTEERS FOR THE SCHOOL ORCHESTRA . . .

ME, SIR! ME! PICK ME!

OKAY, WILLIAM – WE'LL GIVE YOU A TRY.

EH?

SO . . .

JINGS! EVEN DESPERATE DAN COULDNAE GET THIS FIDDLE UNDER HIS CHIN.

NOT THAT WAY . . .

. . . THE DOUBLE BASS IS PLAYED STANDING.

WHIT?

IT WOULD TAK TWA TAE PLAY THAT MUCKLE BRUTE!

THIS IS MORE YOUR SIZE, WILLIAM.

NO' FOR ME, THANKS.

DRUMS? ALL BOYS LIKE BANGING DRUMS.

NO' THIS BOY!

THAT'S THE ANE FOR ME, SIR.

I DOUBT IF YOU'LL GET A NOTE OUT OF IT . . .

. . . BUT GIVE IT A TRY.

BRAW!

SILENCE!

HUFF! HUFF!

SILENCE

PANT! BLAW!

MUCH LATER . . .

YOU'LL NEVER LEARN TO PLAY THIS, WILLIAM.

PLAY IT?

I ONLY WANTED TAE LEARN TAE BLAW IT!

PARP!

SOON . . .

THAT WAS BRAW TRAININ'!

MY PUMP WAS BROKEN – AM I A GEENYASS OR WHIT?

Whit an education —
On the way to the station!

SIGH! SKINT AGAIN – HOW CAN I EARN SOME CASH?

SOON . . .
WHIT D'YE THINK? AM I A GEENYASS OR WHIT? I'VE GOT MY AIN BUSINESS.

AN' MY AIN BUSINESS . . .
. . . IS BOOMIN'.

UT . . .
HUH! SOAPY AND BOB HAD NAE MONEY. HERE'S MY FARE.

THEN . . .
TAXI! DRAT!
AHA! THAT COULD BE A CUSTOMER!

NEEDIN' A TAXI?
YES, CAN YOU GET ME TO THE STATION?

HURRY UP – I'VE A TRAIN TO CATCH.
NAE BOTHER – WE'LL TAK' A SHORT-CUT THROUGH THE PARK.

DUCK!

IT'S A' RICHT – WE MISSED IT!

QUICK – I NEED A SHOT O' YER BROLLY.
ER – VERY WELL.

IT'S A GUID JOB I SAW THIS DUB!

I'LL JUST HING ON TAE THIS . . .

. . . YOU HING ON TAE YER HAT . . .
OH, I SAY.

. . . YE SEE, I NEEDED THE BROLLY TAE MAK' THIS TICHT TURN.

SOON . . .
HERE'S A FIVER, WULLIE – I'M EARLY FOR MY TRAIN AND I HAVEN'T HAD SO MUCH FUN IN YEARS.
JINGS! I'M RICH!

RICH ENOUGH TAE RETIRE – THIS IS THE REAL BUSINESS!

He's tryin' hard tae guess the initials —
O' ane o' the toon's tap officials!

Wull quickly gets the sulks —
When he's bravely huntin' wulks!

E'S AWA' TAE THE BEACH N' SO'S HIS BUCKET . . .

I'M NO' TAKIN' MY BUCKET TAE BUILD SANDCASTLES, THOUGH – IT'S NO' THAT KIND O' BEACH.

I'M GONNA PICK WULKS! MY BUCKET'S HERE TAE CARRY THEM HAME.

THE BEST WULKS ARE AYE UNDER THE SEAWEED.

AN' YE CAN HAE BRAW FUN POPPIN' THE WEE BUBBLES ON THE SEAWEED TAE.

BUT . . .
ACH! YE BRUTE!
SQUIRT!

YE GET SOME FUNNY THINGS IN ROCK POOLS LIKE THIS, YE KEN.

HELP MA BOAB! I'VE SKITED ON THE SEAWEED!

AW, JINGS! THIS IS WEET AN' CAULD . . .

. . . NO' TAE MENTION AWFY NIPPY! OUCH!

BEFORE I START PICKIN' WULKS I'LL HAE MY PIECE – THAT'LL CHEER ME UP.

WHIT A BRAW SPEEDBOAT – I'LL GIE THE MAN A WAVE!

THEN . . .
THE ROTTER . . .

. . . HE WENT AN' WAVED BACK – WI' A BOW WAVE!

WHIT A SCUNNER! I'M A' DROOKIT . . .
. . . I'M GOIN' HAME!

I'VE GONE RICHT AFF WULKS!

D.

Wull could be hidin' for a week —
At this daft game o' hide an' seek!

There's got tae be a catch —
For Wullie an' his new auld watch!

Wullie's no' lookin' sae jolly —
Tryin' tae avoid bein' seen wi' a dolly!

Wullie has tae make a start —
Practisin' on his soapbox cart.

WELL, JEEMY, IT LOOKS LIKE I NEED A GUINEA PIG.

SQUEAK!

DINNAE WORRY! I'M NO' CHANGIN' PETS . . .

. . . I MEANT A GUINEA PIG TAE PRACTISE ON!

FIRST SOME OF PA'S SHAVIN' FOAM!

THEN SOME FLOUR.

A FEW EGGS WOULD BE A CRACKING IDEA!

THAT'S ABOOT PERFECT!

AND . . .
THIS LOOKS LIKE THE ONE.

WHIT BRAW FUN THIS IS!

WULLIE! WHIT ARE YE DAEIN'? YE WEE RASCAL!

LET ME GO, PC MURDOCH! THEY WANTED ME TAE DAE IT!

WHO WOULD WANT YE TAE DAE A THING LIKE THAT?

THE IN-LAWS OF COURSE!
YE REALLY HAD ME GOIN' THERE, YOUNG WILLIAM!
JUST MARRIED

THEY PAID ME — BUT I'D HAE DONE THAT FOR NOTHIN'!

It's enough tae drive a laddie bonkers —
Tryin' tae get a haud o' conkers!

HE'S AWA' SEARCHIN' FOR CONKERS . . .

AH! THERE'S A BRAW HORSE CHESTNUT TREE OWER THERE.

ACH! THE CONKERS ARE TOO HIGH!

I KEN WHIT TAE DAE . . .

. . . I'LL KNOCK THEM DOON!

THE DAFT TREE'S KEPT MY STICK TAE!

JINGS! TOO RISKY – I'LL HAE TAE BE A BIT MAIR SCIENTIFIC.

THUD!

SO . . .

MY BUCKET AN' MA'S WASHIN' LINE – NOO A' I NEED IS . . .

. . . WEE ECK.

AYE, BUT WHIT DAE YE NEED ME FOR?

YOU'LL SEE – IN YE GET.

EH?

PICK THE CONKERS AN' PIT THEM IN THE BUCKET.

BRILLIANT – WE'LL GET LOADS.

I'M DAEIN' BRAW – MY POOCHES ARE FU' AN' SO'S THE BUCKET.

AYE! TOO FU' – YE'RE OWER HEAVY NOO!

HELP . .

. . . MA BOAB!

BUMP!

WHIT DID YE GET OOT O' THE BUCKET FOR, YE DAFT SCUNNER?

OUCH!

DAFT SCUNNER? DAFT BUCKET MAIR LIKE – AN' THAT'S WHIT I THINK O' IT!

AW, NAW!

HE'S AWA' SEARCHIN' FOR HIS BUCKET . . .

64

It's time for Wull tae roll up his sleeves —
An' start makin' piles o' autumn leaves.

 HE'S IN THE HOOSE.

 I'LL GIE YE A POUND TAE GATHER UP A' THE LEAVES. IT'S A DEAL, PA.

 EASY MONEY — THIS'LL NO' TAK' LANG.

 WHAUR DAE YE THINK YE'RE GOIN', LEAF?

 STEFAN KLOS, EAT YER HEART OOT.

 BACK TAE THE PILE AN' BIDE THERE.

 THEN . . . AW, NO . . .

 . . . THIS IS NO' AS EASY AS I THOCHT.

 THE WIND'S DROPPED AT LAST — NOO I CAN GET ON WI' MY JOB.

 THAT'S A' THE LEAVES DOON HERE, BUT LOOK AT A' THEM UP THERE!

 MAYBE I CAN SHAK' THEM DOON.

 FLUMP! CRIVVENS!

 NOO I KEN WHY AMERICANS CA' AUTUMN THE FALL!

 SOON . . . YE'VE DONE A GRAND JOB, WULLIE — HERE'S YER POUND.

 BRAW! I'VE LOVED DAEIN' THIS EVER SINCE I WIS WEE! A' MY HARD WORK — RUINED!

 SOME FAITHERS JUST NEVER GROW UP!

Wullie's no' a great success —
Carryin' on in fancy dress.

Wullie, he can hardly wait —
He's got the very best o' bait!

Fat Bob canna raise three cheers —
For Wullie an' the musketeers.

Wullie fails tae get his kicks —
When he's playin' between the sticks.

The lads are far fae bein' enthralled —
At gettin' wrapped up against the cauld!

It's time for Wull tae spin an' glide —
Showing his paces on the slide.

Wullie thinks he'll no' find greater —
When he uncovers a titanic 'tater!

HE'S AWA' AT THE TATTIE FIELDS . . .

SOMETIMES THE TATTIE HOWKERS MISS A FEW SPUDS.

OOPS! I MUST'VE CAUGHT MY FOOT ON A STONE!

MICHTY! NO' A STONE – A GIANT TATTIE!

AND . . .

THIS THING'S A MONSTER!

I NEED TAE TAK' THIS TAE AN EXPERT – WHEN IT COMES TAE SPUDS, TONI KNOWS HIS ONIONS.

EET EES THE COLOSSUS O' SPUDS! THE KING KONG O' KING EDWARDS!

CAN YE MAK' CHIPS WI' IT?

CHIPS? THIS PARAGON O' POTATOES DESERVES A BETTER-A FATE!

I SHALL-A MAKE EET INTAE THE BIGGEST CHIP EEN THE WORLD!

IT WOULD BE GREAT TAE WIN A WORLD RECORD.

IT'S INSPIRIN' TAE WATCH AN ARTIST AT WORK!

WHILE EET EES FRYING I'LL PHONE THE WORLD-A RECORD BOOK.

SADLY THEY-A TELL ME THERE WAS ONCE A BEEGER CHIP IN CARLSBAD, CALIFORNIA.

DINNAE WORRY, TONI, WE'LL JUST HAVE TAE EAT IT!

I'VE-A CUT EET IN HALF.

BRAW!

DELICIOUS! SEE YE LATER, TONI,

NEXT TIME BRING ME A BIGGER-A BEETROOT!

BACK HAME . . .

SIT DOON, WULLIE – YE'RE JUST IN TIME FOR TEA.

SORRY, MA. I COULDN'T EAT A THING!

NAE APPETITE, EH? YOU MUST'VE HAD SOMETHING TAE EAT OOTSIDE!

MAW DIDNAE BELIEVE ME WHEN I SAID I'D ONLY HAD HALF A CHIP!

Wullie isnae doin' much —
When he decides he's goin' Dutch.

WID YE LOOK AT THAT?

AUCHENSHOOGLE
TWIN TOWN
OF
SHAAKENVELDT,
HOLLAND

I WONDER IF I'VE GOT A HOLLANDISH TWIN IN OOR TWIN TOON.

MEET OOR WILLEM...

I WONDER WHIT I CAN DAE TODAY, HERE IN HOLLAND.

I KEN, I'LL GO HILLWALKIN'.

JINGS. THAT IDEA FELL FLAT. I FORGOT THERE'S NAE HILLS IN HOLLAND.

LATER...

COO! LOOK AT THESE COOS!

THEY'RE FRESIANS.

WHIT A WAY TAE USE A BUCKET.

I'M NO' SURPRISED. IT'S AWFY NIPPY.

YOU ARE NEEDING SOME EXERCISE TO BE KEEPING WARM.

YOU CAN DELIVER THIS TO THE MARKET.

IT'S AWFY HEAVY.

I'M NO' GOIN' TO BE OOTSMARTED BY A CHEESE.

BUT...

IT'S A' WORN AWAY. NAE POINT GOIN' TAE THE MARKET NOO.

HERE YE GO, VIMMY.

DUTCH SQUEAKING.

AT THE CANAL...

ACH, MY TEA'S NEARLY READY. NAE TIME TAE FIND A BRIDGE.

HUP!

DOON!

ACH! DROOKIT!

LUCKY THIS WIS LEFT OWER FRAE THE BARREL JUMPIN' CONTEST.

STILL, MA CLAES'LL BE DRY SOON ENOUGH.

ACH. I DINNAE KEN MUCH ABOOT HOLLAND SO I HOPE THAT STORY WISNAE DOUBLE DUTCH TAE YE.

On this cauld day, Wull can be foond —
Oot on the puttin' green, playin' a roond!

IT'S GETTIN' A WEE BIT NIPPY —

JINGS! THE PUTTIN' GREEN'S AWFY QUIET THE DAY, MR GREEN.

QUIET'S NO' THE WORD FOR IT, WULLIE. WE'RE CLOSIN' FOR THE WINTER AN NO' OPENIN' AGAIN!

JINGS. THAT'S SAD!

AYE, NAEBODY WANTS TAE PUTT ANY MAIR.

LET'S HAE ONE LAST ROOND, TAE CHEER YE UP.

THIS ONE'S ON THE HOOSE — I MEAN, SHED.

HERE. THEY DINNA MAK' PUTTERS LIKE THIS ONY MAIR.

NAW. THEY MAK' THEM STRAIGHT.

NAE MAIR NEED FOR THESE WEE METAL ARROWS.

HERE GOES FOR THE AUCHENSHOOGLE OPEN.

I NEVER DID CATCH THAT MOLE. THE GREEN'S A' YOURS NOW.

SOB!

LATER —
WE'RE ALL SQUARE GOIN' TAE THE LAST HOLE.

THIS IS THE MAIST DIFFICULT PUTT. I'VE NEVER HOLED IN ONE, HERE.

HERE GOES.

AND THEY'RE AFF!

WHAUR DID IT GO?
YE'LL NEVER GUESS.

SNIFF. A HOLE IN ONE, WI' THE LAST PUTT EVER.

DAE YE GET COMPUTER PUTTIN' GAMES?
I DOUBT IT!

Pretty soon Oor Wullie's wishin' —
That he believed in superstition!

A BRAW DAY . . .

MICHTY!

WHY ARE YE WALKING LIKE THAT, ECK? HAVE YE TAKEN UP BALLET DANCING?

NAW! I'M AVOIDING THE CRACKS IN THE PAVEMENT!

WHY?

DO YE' KEN IT'S BAD LUCK TAE WALK ON THEM?

YE'RE HAVERIN'! IT'S NO' BAD LUCK AT ALL!

SEE?

THEN . . .

HEY! GLUMF!

TELT YE! TELT YE!

DINNAE BE DAFT! THAT WAS JUST A COINCIDENCE!

STOP SCOWLIN', WULLIE! IF THE WIND CHANGES YOUR FACE'LL STAY LIKE THAT — LOOK AT OLD GRUMPY McPHEE!

YE'RE TOO SUPERSTITIOUS, ECK!

IT DISNAE DO TAE MOCK THE LAWS O' NATURE.

YE SHOULD NEVER PUT YOUR SHOES ON A TABLE, CUT YOUR NAILS ON A SUNDAY OR PUT AN UMBRELLA UP INSIDE A HOOSE!

I'M NO' LISTENIN' TAE ANY MORE O' THIS GIBBERISH!

WULLIE! I CANNAE BELIEVE YE JUST SAT DOON THERE!

WHIT?

DON'T TELL ME! IT'S BAD LUCK FOR A SPIKY-HAIRED LADDIE TAE SIT DOON AT 3 O'CLOCK IN THE AFTERNOON?

NAW! THAT WOULD BE STUPID . . .

. . . I CANNAE BELIEVE YE DIDNAE SEE THE SEAT HAD JIST BEEN PAINTED!

OCH!

WET PAINT

I'LL TELL YE WHAT IS UNLUCKY — HAVIN' A PAL LIKE WEE ECK!

Whit's the outcome goin' tae be —
When Wullie's granted wishes three?

This mannie's got an awfie cheek —
Twa quid for a genuine antique!

Wull finds it hard tae behave —
Playin' the part o' an Indian brave!

HE'S OOT PLAYIN' . . .

DON'T KNOW WHY I KEPT THIS USELESS AULD THING SO LONG.

AND . . .

I CAN USE THIS!

I'LL SOON BE A BRAW INDIAN BRAVE!

THAT LOOKS FUN! WE WANT TAE JOIN YOUR TRIBE!

HOW!

YE NEED TAE PROVE YE'RE WORTHY O' JOININ' MY TRIBE.

NAE BOTHER!

AND . . .

I'LL BUILD US A TEEPEE!

MY BEDSHEETS'LL ADD THE FINISHING TOUCH.

HAW-HAW! I'LL HAE TAE CALL YE RUNNING BEAR!

OCH! I DIDNAE CHOOSE THE DESIGN.

THEN . . .

I'VE TAKEN A SCALP!

JINGS, SOAPY! IT WAS NEVER MEANT TAE GO THAT FAR!

RELAX! IT'S MY GRANDAD'S SUNDAY WIG — IT WAS HINGIN' OOT TAE DRY!

WHIT A RELIEF!

I'LL SHOW YE HOW TAE BUILD A TOTEM POLE!

THIS IS HEAP BIG FUN!

BUT . . .

OH-OH!

YERK!

FROM HEAP BIG FUN TAE FALLIN' IN A BIG HEAP!

I'M BIG CHIEF SITTING BUCKET!

Here's Fat Bob's favourite exercise —
Stuffin' his face wi' mutton pies.

Murdoch's quick tae spot "who-dun-it" — When Wullie steals awa' wi' his bunnet!

HE'S OOT AN' ABOOT . . .

AYE, CITY COPS HAVE A RARE LIFE, WHAT WI' EXCITING CAR CHASES AND EATING DOUGHNUTS!

NOTHIN' LIKE THAT EVER HAPPENS TAE ME.

THAT'S TERRIBLE NEWS!

LATER OAN . . .

I'LL AWA' WI' HIS BUNNET!

COME BACK, YE WEE SCAMP!

NAE CHANCE!

I HOPE YE'VE KEPT YOUR FEET RUNNING ON OOR GETAWAY CARTIE, SOAPY!

AND . . .

I'LL NEED MY BIKE TAE CATCH THE RASCALS! STOP, BUNNET THIEVES!

MIND THE CAT, SOAPY!

THE CAT RUNS IN FRONT O' MURDOCH . . .

JINGS! THAT'S GOT TAE BE BAD LUCK!

AW, NAW! I'M RUNNIN' OOT O' CONTROL!

THIS IS TOO EXCITIN' FOR ME. WAAH!

JINGS! YON MUST BE THE FLYING SQUAD!

THAT WIS AN AMAZIN' BIT O' CYCLING! THEY MUST LEARN IT AT POLIS SCHOOL!

OOF!

GOT YE AT LAST!

IT'S A FAIR COP. HERE'S YOUR BUNNET!

WHIT DID YE THINK YE WERE UP TO?

WE DIDNAE WANT YE FINDIN' THIS PLACE TOO BORING AN' GOIN' AFF TAE LONDON FOR SOME EXCITEMENT.

WE THOUGHT A WEE BIT CHASE WOULD CHEER YE UP!

RIGHT! YOU TWA ARE COMIN' WITH ME!

IT'LL BE DOON THE STATION FOR SURE!

I 'DONUT' THINK SO, WULLIE!

DUNCAN DONUTS

MURDOCH'S NO' FOR LEAVIN' — HE BOUGHT US THESE FOR CHEERING HIM UP!

A talkin' tree gies fowk a fright —
But Wullie's "bark" is worse than his bite!

HE'S AWA' ON ANITHER O' HIS WALKS.

NOW, IMAGINE YOU'RE ALL TREES . . . TALL AND PROUD. STRETCH YOUR BRANCHES.

LOOK AT THAT DRAMA CLASS. WHO'D BE A TREE?

MIND YOU, YE'D GROW TALL, NO' HAE TAE COME IN AT NICHT AND WHA EVER HEARD O' A TREE TAKIN' A BATH?

SO . . .

AYE, WULLIE, YE CAN BORROW IT . . . BUT MIND AN' BE CAREFUL WI' IT. THEY DINNAE GROW ON TREES, YE KEN. HEH-HEH!

SOON . . .

LET'S GET THIS STRAIGHT . . . A TREE WALKED PAST YE . .? WEARIN' TACKETTY BOOTS? THAT CAN ONLY BE ONE LADDIE.

LOOKS LIKE AULD MURDOCH'S TWIGGED.

AND . . .

THESE BIRDWATCHERS TAK' THEIR CAMOUFLAGE AWFY SERIOUSLY.

TO WOODS

I'LL JUST PLANT MASEL' HERE FOR A WHILE . . . AYE, IT'S GRAND TAE GET BACK TAE YER ROOTS.

HERE COMES BOB, LOADED WI' APPLES, AS USUAL . . . MIND, I'M PRETTY PECKISH MASEL'.

ROBBE-E-ERT . . . RO-O-O-BERT . . .

WHIT? WHA'S THERE?

YOU HAVE STOLEN THE FRUITS FROM MY BROTHERS AND SISTERS. LEAVE THESE WOODS, NOW!

A T-T-TALKIN' T-TREE? I DIDNAE MEAN IT, MISTER TREE . . . HONEST!

I TALK TO THE TREES, DA-DE-DA-DUM-DE-DA-DUM . . . WHIT?!

STAY OOT O' THERE, MISTER! THERE'S SOMETHIN' AWFY CREEPY ABOOT THEM WOODS.

AND . . .

ACH, AFTER WHIT I TOLD BOB, EATIN' YE WOULD BE LIKE EATIN' ONE O' MY AIN FAMILY.

JINGS! THAT MAN MUST BE ABOOT TAE CUT DOON A' THESE TREES . . . BUT WE'LL SEE ABOOT THAT, AS SOON AS HE'S NO' LOOKIN'.

SHORTLY . . .

SO, THAT'S A DOZEN TREES TAE COME DOON AND . . . HERE?!

HOW DID MA TOOLS GET UP THERE? THERE'S NAEBODY ABOOT.

THAT CHUBBY KID MUST HAVE BEEN RIGHT. THIS PLACE IS HAUNTED!

SNIGGER. HE'S TURNED OVER A NEW LEAF. I JUST HOPE HE DISNAE PHONE THE 'COPSE'!

SO . . .

THAT'S ME DONE I MA BIT FOR CONVERSATION O' THE ENVOIL . . . ENVORNI . . . THE PLACE.

IF THERE'S ANY MORE WOODS TAE BE PROTECTED, I'LL JUST HAE TAE BRANCH OOT.

Wull's bucket seems tae hae gone on vacation —
So he has tae find a "pail" imitation!

Wullie thinks it'll be just swell —
Tae spend the day inside a tortoise's shell!

WE'RE DOIN' A PROJECT ON TORTOISES AT SCHOOL.

I'M MAKIN' MASEL' A PAPIER MACHE TORTOISE SHELL.

I'M AFF TAE SCHOOL. I'D BETTER LEAVE HALF AN HOUR EARLY.

I'VE AYE SAID YOU SHOULD COME OUT O' YER SHELL MAIR, WULLIE.

VERY FUNNY, PA.

HERE, WULLIE. SLOW DOON A MINUTE.

I'M THINNIN' OOT MA LETTUCE. HAVE SOME.

RIGHT, MR WILSON.

MA'S AYE ON AT ME TAE EAT MA GREENS.

THIS IS THE FIRST TIME I'VE HELPED A TURTLE ACROSS THE ROAD.

TORTOISE, TAE YOU!

I'M LATE FOR MA WORK AS IT IS. I CANNAE TELL MY BOSS A TORTOISE HELD ME UP.

HAUD YER HORSES.

HEY! THAT'S NO' YOUR BA'!

MAYBE SO — BUT YOU'LL NEVER CATCH ME!

I'M GLAD I'M NEARLY AT SCHOOL, BECAUSE I'M GETTIN' SAIR PAWS.

HEY! WHAUR DID YOU COME FRAE?

WULLIE. YE DID IT! YE SAVED MY BA'.

HOW CAN I EVER REPAY YE?

I'M GETTIN' OOT O' THIS. TALKING TORTOISES!

WHIT'S GOIN' ON HERE?

I DINNAE KEN. I'M A TORTOISE — IT ALL HAPPENED TOO FAST FOR ME!

85

Wullie kens a real safe bet —
For makin' the toon a bit mair wet!

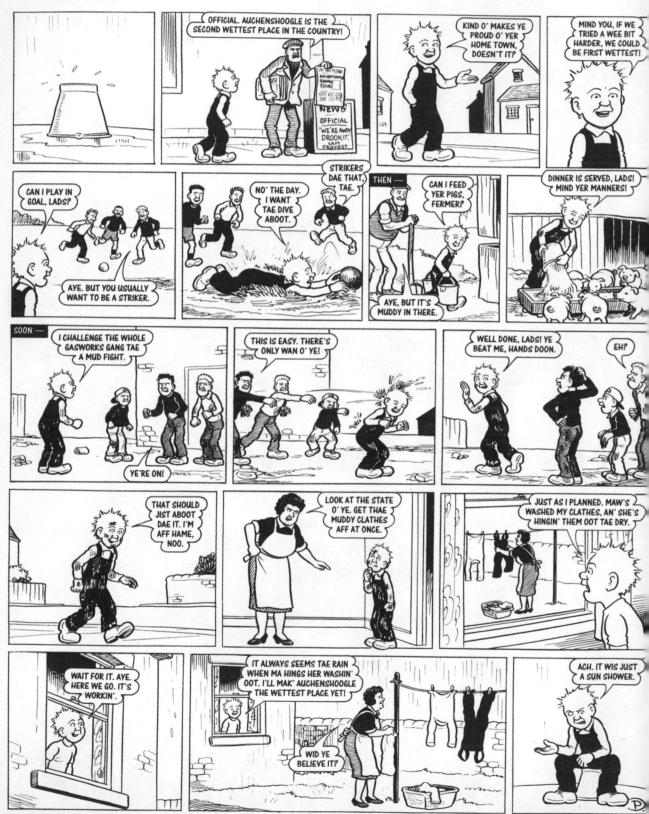

Tae assure the local chipper's survival —
Wull vows tae see aff its business rival!

Wullie reckons that he'd better —
Try tae get shot o' his teacher's letter!

Tae hear this lot bicker an' bellow —
Ye wouldnae think jazz wis meant tae be mellow!

Ma's gettin' the shoppin' blues —
Tryin' tae get Wullie intae smart shoes!

The weather's set braw —
For gowf in the snaw!

There's bound tae be wan fatal flaw —
When Wullie gets tae clearin' snaw!

Wullie plannin' for the future —
When he's sent doon tae the butcher!

It's enough tae mak' a laddie weep —
Chasin' efter a herd o' sheep.

Wullie hopes his plan excels —
In stayin' up until the bells!

WONDER IF I'LL GET TAE BIDE UP TAE SEE IN THE NEW YEAR THE NICHT?

PROBABLY NO'!

ACH, I'LL ASK ONYWAY.

OKAY . . .

. . . IF YE'RE TIRED YE'VE TAE GO TAE BED THOUGH.

YESSS!

MMM! I KEN WHIT THAT BRAW SMELL IS, MA.

AYE, IT'S YER FAVOURITE . . .

. . . MINCE AN' TATTIES.

PILE IT ON, MA – I'LL NEED LOTS O' ENERGY TAE BIDE UP LATE.

LATER . . .

I'M FU'!

I SHOULD THINK SO – YE'VE HAD SECONDS – AND THIRDS!

IF I'M FU' O ENERGY, HOW COME I'M SLEEPY?

SOME EXERCISE WILL WAKEN ME.

JINGS! THE MINCE IS WOBBLIN' . . ..

. . . TOUCHIN' MY TAES WOULD BE BETTER – IF I COULD . . .

. . . I KEN WHIT WILL WAKEN ME THOUGH.

WHAUR ARE YE GOIN', WULLIE?

TAE TAK' A CAULD BATH, MA.

A BATH'S A GUID IDEA, BUT NO' CAULD – YE'D CATCH A CAULD IN FREEZIN' WATER.

ACH!

SHORTLY . . .

THAT HOT BATH MADE ME EVEN MAIR S-SLEEPY

ARE YOU GOIN' TAE SLEEP?

NO' ME – LOOK – I'M WIDE . . .

. . . ASLEEP – PUIR LADDIE.

I'LL PUT HIM TAE HIS BED.

ACH, WELL MAYBE NEXT YEAR.

HAPPY NEW YEAR!